omnibus

Ralph A. Hartmann

ANAMNESIS

Erinnerungsfetzen - ein Gedichtzyklus

HARALEX **Publishing House**
Edinburgh
2020

HARALEX Publishing House
3 Wardlaw Place
Edinburgh EH11 1UA

Published 2020 by *HARALEX* Publishing House

Bibliographische Information Der Deutschen Nationalbibliothek

Die Deutsche Nationalbibliothek verzeichnet
diese Publikation in ihrem Katalog.

Taschenbuch-Ausgabe (2020)
ISBN-10: 1-905194-26-9
ISBN-13: 978-1-905194-26-1

Anam|ne|sis *die*; -, ...nesen (aus *gr.* anámnēsis [...]): Wiedererinnerung der Seele an vor der Geburt, d.h. vor ihrer Vereinigung mit dem Körper, geschaute Wahrheiten (griech. Philos.).

(in: DUDEN - Das große Fremdwörterbuch. Herkunft und Bedeutung der Fremdwörter. 4., aktualisierte Auflage. Mannheim / Leipzig / Wien / Zürich, Dudenverlag, 2007: S. 95)

(I) Geburt

Schmerzgequälten Schoßes kam sie nieder
Mit ihm, der nicht öffnen wollt' die Lider
Drei Tage und drei Nächte lang;
So stark muß ihm gewesen sein der Drang
Sich nicht mehr zu entsinnen dessen,
Was eigentlich er trachtet' zu vergessen:
Die Antizipation der Dinge, die bereits geschahen
Und dennoch wieder drohten, ihm zu nahen
Im stets sich drehenden Kreise
Der Zeit, des Lebens - hart, doch leise.

(II) Frühe Erziehung

Der Sprache bar, doch wachen Sinnes
Vergingen die ersten Jahr' im Glück, so schien es.
Sobald der Knabe dann bewußt sich war
Seiner selbst sowie der Gabe gar,
Sich mitzuteilen und zu denken,
Hörte er sie wieder lenken
Ihre eigenen Geschicke und so auch seines,
Als ob es wäre etwas Reines -
Vertuschend allen bösen Zwang -
Mit einer süßen Stimme Klang.

(III) Frühe Forschungen

Im Spiele lernt' er kennen die andre Art

Mit nichts im Schritt - ein guter Start:

Die Kleine wohl zu untersuchen,

Die Eltern abgelenkt bei Kaffee und Kuchen,

Im Dunkeln tastet' er sie ab,

Die kleinen Fingerchen am Schlitz hinab,

Ein süßlich-säuerlicher Duft,

Es war zuviel, er rang nach Luft:

Der Trieb hält ihn ein Leben lang gefangen,

Mit seinem Teil dort hinein zu gelangen.

(IV) Strebereien

Man schickt' ihn dann zum ersten Ernst des
     Lebens,
Eine der vielen Etappen des fruchtlos-
     menschlichen Strebens.
Eifrig war er anfangs bei der Sache noch:
Der Zensuren Trug verschaffte ihm ein geistig'
     Hoch,
Gefallen wollt' er auf Biegen und Brechen
Das würde sehr häufig sich auch rächen:
Solange seine Stimme noch schrill und klar,
Solange dies Ziel anscheinend erreichbar war,
Die wohl richt'gen Leut' bemerkten ihn,
Sein Leben in die gute Bahn zu gleiten schien.

(V) Harte Lektionen

Recht früh begann er zu begreifen,
Daß viele auf den Nächsten pfeifen,
Daß es ihnen war egal,
Sei es zwar auch noch so schal,
Was dem Nachbarn widerfahre,
Ob Gut's, ob Schlecht's im Lauf der Jahre,
Vielleicht mit Müh' und Not ein wenig Neid
Ringen sie sich ab von Zeit zu Zeit:
Damit man sich auch nicht zu sicher fühle
In dieser Welt und ihrer Kühle.

(VI) Traumatisierungen

Sie lehrten ihn fürchten das höchste Wesen,

Die Leut', die nichts als das Evangelium lesen,

Verblendet durch und durch vom Glaubenswahn,

Ohne Licht des Wissens in ihrem Eifrerclan:

Dem treusel'gen Kinde flößten sie ein die
     Unwahrheit,

Es traumatisierend auf alle Ewigkeit.

Sie fühlten sich, als ob sie ihm nur brächten Heil,

Doch dabei war's genau das Gegenteil:

Das Unglück, das durch sie ihm widerfuhr,

Dagegen half nicht mal die beste Seelenkur.

(VII) Demütigungen

Er dachte, wenn er ordentlich was leiste,

So seine Defizienz im Geiste -

Nur allzu oft ihm bloßgestellt,

Wohl mit der Absicht, daß 's ihn stählt,

Würd' verschwinden auf Nimmerwiederseh'n,

So daß das Leben leichter würde geh'n.

Doch all' Bemühen war umsonst, natürlich,

Der Alte putzt' ihn 'runter, wie so üblich:

Alles, was der Jung' sich traut' zu sagen,

Wurd' mit Hohn und Spott zerschlagen.

(VIII) Manipulation

Er flüchtet' sich in eine Welt der Phantasie,
In welcher ihn erheischt' das Unglück nie:
Im Film und in der Television
Würd' er dem Ungemach entfliehen schon.
Doch weit gefehlt, man ahnt es gleich:
Es war der Seelenschwindler Reich,
Das einem gaukelt vor, wie man sich fühlen solle,
Daß man nicht alles hinterfragen wolle;
Denn nichts so ungemütlich sei
Wie ein Gedanke gar zu frei.

(IX) Unvollkommenheit

Gab es dann einmal zur Freude Grund,
Öffnet' sich sogleich der Trauer Schlund,
Sog in sich das Glück hinein,
Kaum noch möglich, 's zu befrei'n.
Immer stört' ein Bösewicht die Harmonie;
Konnt' es denn perfekt sein wirklich nie?
Wann immer er meint', es sei geschafft,
Entdeckte er ein Loch, das klafft'
Und ihm recht wohl die Heiterkeit verdarb;
Wen wundert's: fast die Lebenslust ihm starb.

(X) Richtige Gesellschaft

"Vorsicht bei der Freunde Wahl!"
Mahnte ihn die Mutter manches Mal.
Gar schwierig war's, die richtigen zu finden:
Der eine wollte nicht zu sehr sich binden,
Der and're haftet an ihm wie 'ne Klette,
Als ob niemand er zum Freunde hätte;
Ein weiterer mißbrauchte sein Vertrauen,
Bald schien es hoffnungslos, sich umzuschauen.
Doch schließlich winkt' der Suche Preis:
Ein kleiner und beständ'ger Freundeskreis.

(XI) Sozialer Druck

Um die andern macht' er sich zu viele Sorgen,

Ob sie ihn denn mochten, auch noch morgen,

Ob sie selbst auch seien satt und froh

Und sich betteten auf weichstem Stroh.

Sobald sie sich bei ihm beschwerten,

Ihn über dies und das belehrten,

Was er noch alles wohl verbessern sollte,

Damit auch niemand mehr ihm grollte,

Gehorchte er sofort und schnell,

Ließ versiegen seines Willens Quell'.

(XII) Ächtung

Er sah sie sich zusammenrotten
An dunklen Stellen wie im Licht die Motten:
Gemeinsam fühlten sie sich stark und mächtig,
Doch einzeln war'n sie wenig prächtig.
Stets wollt' er mit dazugehören,
Bereit, den Treueeid zu schwören.
Sie merkten wohl, daß er ein Bess'rer war,
Verstießen ihn von ihrer Schar.
Stupide führten sie das Ritual noch weiter;
Ihr Nachwuchs macht's nicht viel gescheiter.

(XIII) Phobie I

Wenig liebte er des Lebens Element;

Einzig dann, wenn irgendwo was brennt,

Scheint der Stoff zu etwas nutze:

Daß man sich zum eignen Schutze

Ohne Zögern sich damit umgebe,

So daß man jede Flamme überlebe.

Wenn er aber dacht' an die Gefahren,

Die einem durch das Feuchte widerfahren,

So wurd' ergriffen er von Seelennot,

Wollt' nicht erleben den Erstickungstod.

(XIV) Lebensfürchte

Noch and're Ängste waren zu verdrängen,
Nicht nur eine, sondern ganze Mengen:
Der Knab' des Nachts kaum konnte schlafen,
Die Qual'n der Alpträum' ihn sehr trafen:
Von der Gleichgültigkeit der Leute,
Die so ungemein er ohn'hin scheute,
Über der Mädchen Gehässigkeiten,
Die so weh ihm taten auf Ewigkeiten,
Bis hin zum Wandeln hoch über Grund:
Die nächtliche Ruh' währt' nicht mal 'ne Stund'.

(XV) Erlaubte Mittel

Jünger, kleiner war der Kontrahent aus fremdem
      Lande,
Gegen den's zu verhindern galt die Schande;
Abgemacht der Kampf im Ringen,
Er wußte nichts von andern Dingen.
Doch plötzlich landete die Faust gezielt auf seinen
      Lippen;
Vielleicht hätt's wen'ger Schmerz bereitet in die
      Rippen.
Er ließ sich fallen auf die Knie,
Zurückzuschlagen wär's ihm möglich nie;
Nur zu lassen den Tränen freien Lauf -
Fortan nimmt er die Demütigung in Kauf.

(XVI) Mobbing

Noch nie hatt' so ein bös' Gesicht er geseh'n,

Wie das jenes Jungen, den er nun erblickte vor ihm

     steh'n.

Der droht ihm, verfinstert seine Miene,

Als ob gleich zuzuschlagen er schiene.

Der ganze Körper fängt ihm an zu zittern,

Der Andre hat gesiegt, er kann es wittern:

Nun muß er einzig mit den Fingern schnippen,

Und er springt für ihn von den höchsten Klippen;

Die Angst vorm Schmerz ist viel zu groß,

Als daß einfach sich wehr' er bloß.

(XVII) Ziellosigkeit

Sein Geist, der wirkt' oft flatterhaft,
Was er begann, er meist nicht schafft',
Weil's schlicht zu viel ist, kunterbunt.
Ein gut's Talent: Das wär' ein Fund!
Die Mittelmäß'gen stach er aus, er wußt' nicht wie;
Doch zur Elite reicht' es nie.
Kunst und Sport mit Mühen stets verbunden:
Arbeit schlug dem Geiste große Wunden.
Im Augenblick, da nichts ging von alleine,
Da ließ er schließlich baumeln seine Beine.

(XVIII) Eklektizismus

Wann immer einer mit dem andern stritt,
Stets zuviel ihm war's zu sein zu dritt:
Er konnte beider Meinung gut versteh'n,
Doch gelang's ihm nicht sie umzudreh'n.
Feig: sein Motto fauler Kompromisse,
Damit er niemanden verdrieße;
Obwohl's recht ungemütlich zwischen vielen
      Stühlen,
Setzt' er in Gang dies Fluchgebetes Mühlen:
Partei ergriff er nie für eine Seite nur
Und stand am End' allein auf weiter Flur.

(XIX) Verratenes Vertrauen

Treue hielt der Wahrheit er in allen Lebenslagen,

Glaubte den andern auch und stellte keine Fragen,

Nahm für bare Münz' die Worte, die sie sprachen,

Konnt' nicht denken, daß das Vertrau'n sie
      brachen.

Sobald sie öffneten den Mund,

Entströmte dem der tollsten Lügen Kund' -

Zwar manches Mal im Scherz geäußert,

Bis man zur Klärung laut sich räuspert;

Es blieb dabei: Er fiel darauf herein.

Fortan den Menschen zu mißtrau'n: welch' Pein!

(XX) Zurückgebliebenheit

Zu den Erwachs'nen zu gehören,
Sich abzuheben von all den Gören,
Malt' er sich aus in leuchtend' Farben,
Wollt' nimmermehr als kindlich' Bettler darben.
Es mocht' jedoch ihm nicht gelingen,
Zu springen über jene scharfen Klingen,
Die kappen würden seine jugendlich' Gedanken
Und öffnen würden aller Welten Schranken.
So verharrt' er wohl als Knab' im Geiste,
Entzog dem Drucke sich, daß er was leiste.

(XXI) Bruderliebe

Es stieß ihn ab der Bruderzwist;
Der fing wohl an ohn' Hinterlist:
Zunächst mit Wortgewalt sowie erhob'nen
     Stimmen,
Doch dann versuchten sie sich zu vertrimmen;
Schweigsam und im Schmerze trennt' man sich,
Sechs Wochen ignoriert' er ihn: wie fürchterlich!
Erst als er bat ihn um Verzeihung -
Obwohl's des Bruders Schuld, so seine Meinung -
Rang der sich wieder durch zu sprechen;
Der Groll: er blieb - für das Verbrechen.

(XXII) Begehren

Des Sommers kam die Base zu Besuch

Da setzt' sich fort für ihn der Weiber Fluch:

Zum Schwimmen man das Mädchen mit sich
       nahm;

Er schaut' auf sie ganz scheu und zahm,

Wie hinunterglitt am Bein das Höschen,

Der Blick dann frei aufs zarte Röschen.

Er wußt', sie hatten's ihm verboten,

Und er versucht', sein Sinnen zu verknoten.

Es war gescheh'n; wenn's doch gelänge,

Daß er dies Trachten wohl verdränge.

(XXIII) Ideengefängnis

Sein jung' Gemüt war leicht zu formen:
Ihm einzutrichtern all die Normen
Galt's, damit er sie nicht überschreite
Und Gott's Gebot gar stets ihn leite.
Die Angst vor Strafe prägte sein Gewissen;
So fand er keine Rast, kein Ruhekissen,
Dem Geist ein bißchen Kur zu gönnen,
Um den dann wohl befrei'n zu können,
Ihn zu läutern von all den Lasten,
Die die Gedanken lassen fasten.

(XXIV) Befreiungen

Die Luft, die produziert das Hintere Gesicht,

Wenn ein gewisser Muskel hält nicht dicht,

Beschert' ihm Freude ausnahmsweise

Auf beschwerlich' Fahrt des Lebens Reise:

Kaum zu übertreffen die Erleichterung,

So er macht' beinah' 'nen Sprung,

Wenn der Wind nur ganz entweiche,

Obwohl des Nachbarn Wang' voll Bleiche,

Fühlt er sich mit sich im Eins,

Entbehret der Begehr'n mehr keins.

(XXV) Erwachendes Jahr

Die Burschen streiften durch die Wälder,

Sobald es grünte und die Luft nicht kälter;

Die Poren sprühten voller Tatendrang,

So man denn hörte aller Vögel Sang.

Sie wateten durch noch genäßte Äcker,

Die Mütter sparten nicht mit ihr'm Gemecker,

Wenn die Söhne tauchten auf zuhause:

Zu spät und schmutzig für die Jause.

Es hatte sich gelohnt - wohl keine Frage:

Als ob der Lenz weit fort sie trage.

(XXVI) Vaterliebe

Perplex gafft' er aufs Glück von anderen Familien,
Das ihm wirken mußt' wie süßer Duft von Lilien:
Väter spielten mit den Söhnen lachend,
Immer über deren Wohlfahrt wachend,
'Nen Kuß der Frau und weit're Zärtlichkeiten -
Sein Senior war dadurch nicht anzuleiten
Blickt' stattdessen oft ins Glas zu tief,
Vernahm es nicht, wenn man ihn rief,
Daß er doch auf die Kinder nehme Rücksicht,
Vergeblich' Müh': er sah sein Glück nicht.

(XXVII) Im Angesicht des Todes

Eine Leiche ging er mit den Kameraden schauen:

Ein junger Mann, dem es die Füße abgehauen;

Zu schnell der war auf zweirädrig' Gefährt.

Wie's denn geschah: die Neugierde wohl gärt,

So daß die Stelle galt es zu betrachten,

An der der Sensenmann mußt' schlachten

Ein hoffnungsvolles Leben ohne Sinn;

Wem brächte das wohl 'nen Gewinn?

Hernach er fragt' sich immer wieder,

Was sei, wenn er sich legt darnieder.

(XXVIII) Lausbuben

Des Freundes Eltern hatten einen Schrebergarten:

Zu dritt sie gingen hin - kein großes Warten,

Pfeil und Bogen sie sich wollten machen,

Nur flugs ans Werk mit vielem Lachen,

Mit Äxten sie die Sträucher schnitten,

Der Nachbar ließ sich lang' nicht bitten,

Jagte den Bengeln schnell hinterher,

Den Freunden sich kehrend so floh wohl wer?

Die ernteten hernach der Eltern harte Strafe

Und ihm nur war's 'ne Störung im Schlafe.

(XXIX) Analogische Phantasie

Eines Nachts er stand im Bette stramm,
Alle Glieder war'n ihm klamm:
Ein seltsam' Geräusch er hatte vernommen,
Er glaubte gar, es sei ein Räuber gekommen,
Zu nehmen des Haushalts Hab und Gut;
So kratzt' er zusammen seinen spärlich' Mut,
Schreit ihn an, den vermeintlich' Belzebuben,
Der da einzudringen dacht' in warme Stuben;
Doch den Klang der diebischen Laterne
Hatt' einzig er gehört im Bild der Ferne.

(XXX) Mutterliebe

Die Sorge zehrt, die Mutter zu verlieren -

Gerade wie bei kleinen, jungen Tieren;

Nicht vorstellbar zu missen ihres Rockes Zipfel,

Denn mit ihr erstürmt er jeden hohen Gipfel.

Entsetzen kam gar auf sodann,

Als er sah den hübschen, noblen Mann,

Der ihm droht', die Mutter zu entführen,

Somit Eifersucht ihn ließ sehr spüren.

Jedoch am End' sie bei ihm blieb,

Von ihrem Kind nichts fort sie trieb.

(XXXI) Sinnlose Neuerung

Er wollte sich 'ne Stulle kaufen,

Nicht von Hinz zu Kunz noch laufen,

Nur die eine, die ihm wirklich schmeckte,

Die er einst nur ganz für sich entdeckte.

Aber wie so oft es ging im Leben -

Im Geschmack er lag nicht mal daneben -

Obwohl Geschäft sie machten mit der Schnitte -

Es half auch nicht die freundlichst' Bitte -

Aus dem Programm entfernten sie das Teil:

Liegt denn nur in der Veränd'rung Heil?

(XXXII) Superlativensucht

Wohin er ging, man Messer wetzte,
Sah zu, daß immer er der Letzte:
Es herrschte allenthalben Wettbewerb,
Der Kampf, er wurd' geführt so derb:
Sie wollten alles größer, besser, schneller;
Es genügte nie, was auf dem Teller.
Ehrgeiz, Gier: der Tugenden so groß,
Als daß man's nicht gestatte bloß,
Zu denken, lieben, schlicht: zu leben,
Um so den Status "Menschsein" anzuheben.

(XXXIII) Sehnsucht

Wann immer brach die Nacht herein,
Und er nur mit sich selbst allein,
Konnt' in vollen Zügen Ruh' genießen,
Ganz die Tür zur Welt verschließen,
Träumend sinnen unter Sternen
Über bislang unerklärte Fernen,
Wo es denn sei, das stets erhoffte Glück,
Und nicht, wie üblich, nur davon ein Stück,
Das er verdammt war auszufüllen
In von andern vorgeprägte Hüllen.

(XXXIV) Chronos

Die Sach', die nie vermocht' er zu begreifen,

Um die doch meist Gedanken schweifen,

War die Zeit, wie sie uns denn entrinnt,

Um die man weint, wie's ach so traurig' Kind,

Die Dinge, die sie ihm verweigerte zu tun,

Das stets Vergang'ne, der Augenblick im Nun,

Den nie man in den Händen konnte halten,

Den Zufall, dem sie überläßt das Walten,

Das Wenn, das Aber und das Nachhinein,

Das Glück, das man erlebt: ein zeitlich' Schein.

(XXXV) Süßsucht

Die Schokolade war 'ne Leidenschaft,

Die gab ihm Mut, die gab ihm Kraft,

Des Lebens Unbill zu bestreiten,

Auf purem Hochgefühl zu reiten;

Doch nicht selten er es übertrieb,

Und der Mutter 's nicht verborgen blieb,

Die deshalb die Mengen rationiert';

Aber er sodann ganz ungeniert

Spürte jed's Versteck schnell auf,

Nahm sogar die Straf' in Kauf.

(XXXVI) Überforderung

Der Fotograf erschien im Kinderhort:
Warum wohl nur an diesem Ort?
Dem Knaben war die Aufregung zuviel,
Hätt' lieber sich vertieft im Spiel;
Da ertönt' vor ihm des Apparates Klicken
Grad', daß er's geschafft hineinzublicken:
Als ob dadurch die Seel' ihm wär' entflogen,
Als ob der Teufel selbst ihn hätt' betrogen;
Kein Wunder, daß da Tränen kullerten zuhauf,
Dafür 'nen Klaps er kriegt' noch obendrauf.

(XXXVII) Fehleinschätzung

Als eines Tages zum Friseur er ging,

Obwohl er an dem Haar sehr hing,

Der Meister ließ die Schere walten

Mit viel Elan: Es gab kein Halten

Bis der Knab' gewahr sich ward,

Daß er dem andern schien zu zart,

Da der wohl schnitt wie für 'ne Maid -

O, was für eine Peinlichkeit!

Es gab doch keine größ're Schande

Als feminin zu steh'n am Rande.

(XXXVIII) Weinbeere

Es fiel ihm manchmal schwer zu glauben,
Was der Mensch so macht aus Trauben:
Da gab's zunächst mal den gegor'nen Saft,
Der dem Kopf ein Wohlgefühl verschafft;
Man durfte nur nicht zu viel trinken,
Denn sonst der Geist fing an zu sinken,
Gerade so, wie's seiner tat,
Als er, mißachtend allen Rat,
Wollt' verspeisen einen leck'ren Kuchen,
Biß auf die Rosin' und mußte fluchen.

(XXXIX) Disproportionalität

Sein Körper folgt' den ärztlich' Normen nicht:

Er war ein gar zu drollig' Wicht,

Dem's nicht gelang, den Arm zu strecken,

Um mit der Hand das Ohr zu überdecken:

Die Glieder waren doch recht kurz

Und nicht zuletzt auch noch der kleine Schnurz,

Kurze Arm' mit kurzen Beinen,

Da mocht' er doch fast weinen;

In die Schul' sie wollten ihn nicht lassen,

Obwohl dem Geist entsprachen ob're Klassen.

(XL) Annäherung

Seit er sich konnt' entsinnen,
So gab's noch nie Entrinnen
Von donnerstäglich' Schülermesse,
Zu der man mußt', sogar bei Nässe:
Das Stigma brächte einen um,
Wenn man sich drückte drum.
Der schöne Schreck war deshalb groß,
Als sie ihm hielt das Händchen bloß:
Vergessen wurd' das Ritual -
Verliebt er war ein weit'res Mal.

(XLI) Der Heilige Leib

Man sei der Sünde preisgegeben,

Wenn ohn' Oblat' man müßte leben,

So sprach der Mann mit weißem Kragen,

War stets bestrebt, die Kind' zu plagen,

Jeden Morgen um halb acht,

Wehe dem, der darob lacht':

Zwei Wochen Ferien gingen so dahin;

Manch einer macht' nicht mal Gewinn:

Bekam nur eine Kett' mit Knollen,

Obwohl ein Schlauchboot er hätt' haben wollen.

(XLII) Empathie

Des Freundes Opa starb im Schlummer,
Ganz friedlich, satt und ohne Kummer.
Er fragt' sich, wie der Frau denn war,
Als sie erwacht' - ihr Mann des Lebens bar;
Ob der schon kalt an ihrer Seite,
Ob dessen Augen blickten in die Weite,
Ob sie womöglich weint' und schrie,
Ob sie's vielleicht begriff gar nie.
Dem Freunde schien's egal: Er lachte,
Als untertags die Leich' man brachte.

(XLIII) Niedertracht

Sein neues Fahrrad blinkte und blitzte;

Er fuhr damit so schnell, daß 's ihn erhitzte.

Wie gut das tat, ein eigenes zu haben,

Ansonsten sie ihm des Bruders Sachen gaben.

Jetzt hatt' er was, das nur ihm gehörte,

Kein Makel, der vom Vorbesitzer störte.

Glücklich stellt' er's ab am Waldesrand,

Sichert' es, damit es nicht entschwand

Wie hernach seine Gab', den Menschen zu
        vertrauen,

Da's einer wagt', die Schaltung ihm zu klauen.

(XLIV) Phobie II

Blitz und Donner zu Feinden er zählte,

Des Wetters Leuchten ihn unglaublich quälte:

Wie lang' es wohl dauert', bis ertönt' der Schlag -

Die Ungewißheit ihm war eine Plag';

Und wenn er erschallt' mit lautem Getöse,

Vor Schreck erzittert' sein Körper gar böse:

Schnell unter die Deck', die Tränen im Auge,

Als ob ein innerer Krieg das Leben aussauge.

Noch schlimmer im Freien: keine Deckung, kein
        Schutz,

Wenn Wolken drohten, schwarz wie der Schmutz.

(XLV) Reisefieber

Von klein auf, wenn er ging auf Reisen
Mit dem Vehikel, das da fährt auf Gleisen:
Das Fieber packt' ihn tags zuvor,
Als ob er hätte Angst davor;
Doch die Freude war's, zu sehen and're Orte:
Besser dort zu sein, als nur gehört im Worte.
Früh am Aufbruchstage stand er auf,
Hinab zum Bahnhof, rasch der Lauf:
Am Steig nicht nur er harrt 'ne Stund'
Bis von Verspätung hört' die Kund'.

(XLVI) Lebendige Statue

Der Leu blickte streng auf des Hafens Tor,
Daß ja kein Schiff er unnütz verlor.
An klarem Tage die Sicht war so frei,
Daß er's für möglich hielt für den Schrei,
Zurückzuschallen von der Berge Wand,
Die so nah wirkt', als ob dazwischen kein Land;
Dazu die Wellchen, die glitzerten im Licht,
Des Wassers Grün: keine Trübung es bricht.
Majestätisch er über den Frieden wacht
Am See - des Tags und auch in der Nacht.

(XLVII) Sieben Brünnen

In des Waldes Tiefe ein Ort lag verborgen:
Dort zu verweilen, vertrieb ihm die Sorgen;
Doch schwer es war, dorthin zu gelangen,
Und nur weil so groß das stille Verlangen,
Zeit zu vertreiben am mystischen Platz,
Obwohl keine Aussicht, zu finden 'nen Schatz,
Suchte er oft den Weg durch dichten Tann,
Ganz egal ihm dann war das Wie und das Wann:
Nur einzig an den Brünnen sich tränken,
Um so das Leben sich neu zu schenken.

(XLVIII) Erinnerungsvermögen

Wenn nur sein Gedächtnis nicht wär' so gut,

Da viel vom Vergang'nen versetzt' ihn in Wut,

Was and're vergaßen im Nu, da's geschah

Und ihm es während im Geiste so nah,

Daß schwer's zu vergessen auf ewig und immer -

Durch jeden Gedanken daran ward's schlimmer;

Bald meint' er, daß nicht existierte die Zeit:

Was unterschied denn Futur von Vergangenheit?

Er glaubte, plante, hoffte und träumte,

Doch wie eine Welle im Rücken 's nur schäumte.

(XLIX) Zwickmühle

Sein Kopf wollt' einfach nicht stille steh'n
Die Gedanken würden stur zurück ihm geh'n
Und immer wieder flüstern: "Gott ist blöd!"
Ja, war's in dem Gehirn so öd'?
Untersagt hatten solche Gespinste sie ihm;
Paßt' er wohl nicht in das Heilige Team?
So gerne mocht' er sich zu ihren Spielen gesellen,
Doch ständig hört' er es in seinem Schädel gellen:
"Du sündigest, sobald an Mich du denkst,
Selbst wenn den Verstand du dir verrenkst!"

(L) Bräuche

Sie quäl'n sich ab mit irdisch' Plagen
Und doch ergreifet sie das Zagen,
Wenn der Gedanke fällt auf Schlafes Bruder -
Da gerät das Schiff gleich aus dem Ruder:
Ein Teurer wird geholt aus ihrer Mitte,
Und dann ist's halt gerad' so Sitte
Zu zornen, zu fragen und zu trauern,
Statt durchzubrechen all die Mauern,
Die bei seinesgleichen er noch nie begriff,
Da's ihnen fehlt' enorm an Geistesschliff.

(LI) Autoritätsgläubigkeit

In der Penne machten sie 'nen Test;

Besser sein, wie üblich, als der Rest

Wollte er, ganz klar, und schnell er schrieb,

Damit mitnichten er weit hinten blieb.

Der Lehrer korrigiert' das Abgegeb'ne gleich,

Und es wurd', o Schreck, nur einer bleich:

Alles, was da auf dem Blatte stand,

Sei durch und durch nur falscher Tand!

Was hatt' er Grund, dem Pädagogen zu mißtrau'n?

Erst später konnt' des üble Laune er durchschau'n.

(LII) Sprachlektionen

Mit steifem Bein er durch die Flure hinkt,

Manch eines Schülers Mut durch seinen Anblick
     sinkt:

Wenn die Beugung man nicht hatt' gelernt,

Jedes Lächeln wird von ihm entfernt.

Der junge Geist, der sollt' sich schärfen

Und keinesfalls Grammatik frech verwerfen:

Erst wenn der Sprach' Struktur man hab' kapiert,

Sei die Vernunft beim Menschen wohl versiert.

Den Gören sagt er, 's würd' ihn freuen,

Wenn, in reifer Einsicht mal, sie's nicht bereuen.

(LIII) Nahtoderfahrung

Die Mutter nahm ihn mit im Wagen.
Schon längst sie mußt' ihn nicht mehr tragen,
Denn so die Ausflüg' machten sehr viel Spaß,
Und wenn es nur geschah mit rechtem Maß,
Dann wurd's auch nicht zuviel den beiden,
Vor den Auslagen das Aug' zu weiden.
Doch dies' eine Mal, da wurd' 's Vergnügen ihm
      vergällt,
Weil's so schien, als ob das riesig' Monstrum fällt,
Das da entgegen ihnen kam mit Schwung,
Drohend, ihn zu töten viel zu jung.

(LIV) Der Spiele Beginn

Sie marschierten in das weite Rund -

Er sah es an mit off'nem Mund -

Den Takt gab vor das groß' Orchester;

Subtil im Klang die Frag': Wer ist denn Bester?

Ein Läufer dann erschien mit Fackel in der Hand,

Streckt diese aus zum breiten Kelchesrand,

Vermochte lang die Flamm' nicht zu entfachen,

Manch einer nun fing an zu lachen:

Ein Zeichen war's, daß es nicht gehen würd' nach
>   Plan,

Und beinahe siegt' am End' der Eifrer

>   Mörderwahn.

(LV) Falsche Scham

Ein harmlos' Spiel er trieb im Garten,

Der Bruder ließ nicht lange auf sich warten,

Im Übermut sie turnten an der Stange

Mit Schwüngen gar, da wurd' ihm bange;

Zu schwach er war, konnt' sich nicht halten,

Ohn' Gegenwehr die Schwerkraft er ließ walten,

Fiel zu Boden mit verdrehtem Arm,

Das verletzte Glied ihm wurd' ganz warm;

Zu stolz, der Mutter dann das Ungeschick zu
       beichten,

Schob auf die Hilfen, die zur Heilung ihm
       gereichten.

(LVI) Dummes Experiment

Den Berg hinab im Temporausch,

Nicht angesagt bei einem Plausch,

Wollt' wissen er, was denn passiert,

Wenn vom Rad er steigt ganz ungeniert

Ohne abzubremsen unt' am Fuße -

Kein Wunder: Leisten mußt' er Buße.

'S überschlug ihn mehrmals, bis er lag;

Die Schelte kam, daß er's nicht wag',

Nochmals solch' groben Unfug bloß zu treiben,

Man mahnt' ihn wohl, sich's hinters Ohr zu

      schreiben.

(LVII) Unbarmherzigkeit

In seine Nase stieg der Pennenmief,

Als ob 'ne fiese Stimm' ihn rief.

Die Tische standen fein in Reihen,

Träume durften nie gedeihen

In ihrer Mitte auf den Stühlen hart,

Unter denen jede Diele knarrt'.

Der Chef, das Hinkebein, den Eimer nahm,

Legt' mit kaltem Naß das Thermometer lahm,

So daß die Kleinen mußten schwitzen,

Unbefreit von größten Hitzen.

(LVIII) Einzigartigkeit

Der eine Augenblick, auf den wir ewig warten,

Wie der galante Gang durch Edens Garten,

Zu treffen diesen einen Menschen nur,

Der uns entgegenkommt auf weiter Flur:

Dies' Gesicht erkennen wir,

Unter tausenden es ist die Zier;

Entreißen kann man sich nicht von den Blicken,

Die einem wird dies' edle Wesen schicken.

Wiederholbar wär's wahrscheinlich viele Male,

Doch einzig bleibt es in des Jammers Tale.

(LIX) Hoffnungen

Kaum regt er sich, ist sie verschwunden;
So dreht er wohl so manche Runden,
Um sie erneut für sich zu finden,
Daß sie nicht mög' sich winden
Vor allen den Avancen,
Die er ihr bietet und die Chancen.
So sie sich gäb' denn für ihn hin,
Selbst wenn das Ganze ohne Sinn.
Ein Gutes würd' dem doch entspringen,
So daß wir Huld dem Nachwuchs singen!

(LX) Traum und Wirklichkeit

Oft wurd' von andern ihm was vorgemacht;

Da er naiv, man ihn verlacht'.

Weshalb der Lebensplan, den er entwarf,

Sah vor, daß er sich räche scharf

An allen, die nicht an ihn glauben wollten,

Ihn wegen seiner Dummheit scholten,

Die schnöde seinen Geist verschmähten,

Sich selbst mit fremd' Verdienst aufblähten.

Doch alles blieb im Ansatz stecken;

Das Leben mußt' auch so ihm schmecken.

(LXI) Falsche Taktik

Einsam, gleich dem Wolfe, hinaus da setzt' er sich,
Versucht' dadurch Int'resse zu erwecken
      hoffentlich,
Bei einem der noch dringeblieb'nen weiblich'
      Wesen,
Von dem er wollt', daß seinen Geist 's konnt' lesen.
Zur tiefen Nacht der Abend ward mit Sternen;
Begreifen würd' er's nie und auch nicht lernen,
Daß ganz richtig Angriff sei die best' Verteidigung,
Um abzuschmettern die Beleidigung,
Wobei die heiß Geliebte noch nicht einmal müßt'
      sprechen:
Allein durch Ignorier'n verstünd' sie's, ihn zu
      brechen.

(LXII) Torheit

Man begrüßte ihn mit Bannern und mit Fahnen,

So daß es schwierig, sich den Weg zu bahnen

Zur allerorts gepries'nen Schau der Blüten,

Die vor den Vandalen's galt zu hüten.

Heiter lachten sie und sangen,

Weiß und rot bemalt die Wangen;

Bis den nöt'gen Sieg es gab,

Hielten sie das Team auf Trab,

Das fortan ihm lag am Herzen -

Wenngleich doch meist mit Schmerzen.

(LXIII) Schlachtfeld

Der Hüter mit den Säbelbeinen

Sah alt gar aus: Es war zum Weinen.

Die kleinen Nachbarn vermochten sie zu schlagen
     nicht;

Im Äther schrie vor Freud' der lust'ge Wicht:

Wollt' ein Viertel sich genehmigen,

Wenn der Elf's gelang, sich zu verewigen

In der Historie des Championats;

O welch' Wunder, ja: Sie tat's!

Man besiegte den verhaßt' Giganten

Am Ort, den die Geschlag'nen danach nicht mehr
     kannten.

(LXIV) Quacksalber

Allwöchentlich ihm drohte die Tortur,

Die ihm entlockte jenen ew'gen Schwur,

Daß hasse er der Ärzte Brut,

Von der kaum einer weiß, was er da tut,

Wenn ihm ein wachsend' Knabe zugeführt,

Dem gut' Behandlung wohl gebührt:

Statt vergebens schmerzhaft' Injektionen ihm zu
     geben,

Hoffend, daß ihm's doch gelingt als Mann zu
     leben,

Sollt' er doch bedenken Folgen seiner Taten,

Die erbrachten ihm den Haß in Raten.

(LXV) Jungenschwarm

Die ält're Frau verstand zu faszinieren ihn,
Da wohlgesonnen ihm zu sein sie schien,
Und gut' Talent sie stets mit Förderung bedacht';
Allein: Zu schnell man ward verlacht,
Wenn zugab man im Kameradenkreise,
Daß man hege Sympathien noch so leise
Für die Lehrerin mit dicken Lippen
Der sich unverzüglich plüsterten die Rippen,
Weil ein and'rer was darunter hinterlegte,
Und so hinweg des Jünglings Hoffnung fegte.

(LXVI) Trennung

Gehüllt in Wolle hatte sie den Rumpf,

Des Windes Rausch im Ohr erschallte dumpf;

Nackten Fußes dahin sie schritt im Sand,

Langsam fort von ihm und jenem Band,

Das einst sie strickten zwischen sich,

Des Farb' jedoch verblaßte und verblich,

Da sie entschied, sie müßt' sich ändern

In ihrem Wesen hin zu solchen Blendern,

Die gern verzieren ihren Alltag virtuell

Mit prätentiös' Gehab' und einer Sprach' so grell!

(LXVII) Kleine Fluchten

Geplant er war, der Ausflug, langer Hand;

Das hohe Ziel bald fest schon stand,

Zumal der Atmosphäre hoher Druck 's erlaubte,

Daß den hehren Berg hinauf man schnaubte,

Obwohl des Vaters Kopf gar schwer noch surrt',

Da im Zorn die Frau ihn angeknurrt

Ob seines gestrig' Gerstensaft-Exzesses;

Erwidern konnt' er ihr nichts Kesses.

Der Sohn verschaffte Trost sich im Gespräch ganz
      drahtlos

Mit vielen andern, ganz weit weg und nahtlos.

(LXVIII) Zwischenfall

Keinen Verdacht ließ schöpfen IHN zunächst die
     Kunde,

Die da macht' im Schülerkreis die Runde

Vom Kollaps, den der frischgeback'ne Freund
     erlitt;

Sogleich ER kam zum Krankenhause mit,

Zu sehen auch, was genau dem Kumpel widerfuhr,

Des Venen zu 'ner Flasch' verband 'ne Schnur.

Die Freud', von IHM besucht zu werden, schien
     ungewöhnlich,

Viel dacht' ER nicht, doch war's versöhnlich.

Erst Jahre später ward's ihm klar,

Was die Ursach' jener Ohnmacht war.

(LXIX) Adoleszenz

Das gedruckte Werk für jüng're Leserschaft
Beschrieb sehr plastisch ihm den Saft,
Der des Nachts bald sollt' dem Körper ihm
      entweichen;
Keine Kraft der Welt vermocht' da auszureichen,
Zu bänd'gen roh' Gewalten in dem Schoß,
So daß er hoffte es zu merken bloß,
Wenn in diese Richtung sich was tat,
Und die Wallung wohl ihm naht'.
Allein: Zu spät er wurde sich gewahr,
Daß anders als geschildert es passierte gar.

(LXX) Häresie

Gepilgert wurde zu den Kirchen drei;

Die Entscheidung war nicht frei

Für ihn, der im Bett geruht hätt' lieber -

Ob nun wirklich oder nicht mit Fieber -

Nur damit nicht er erinnert ward

An die wiederkehrende Idee so hart,

Die auch ohnedies im Kopf ihm schwirrte,

Wie zerspringend' Glas es klirrte,

Da der Glaube ihm abhanden kam,

Erst viel später er's als Wohltat nahm.

(LXXI) Orientale Tumulte

Religion machte zur Politik des Satans Ebenbild

Mit weißem Bart, in Turban, Talar und Worten so
     wild,

Daß bald den Muskelprotz er sehr erboste,

Erstaunlich war's: Nicht gleich ein Krieg da toste,

Obwohl der Irre Geiseln nahm,

Als Größenwahn ihn überkam.

Zu ungeschickt der Befreiung Operation:

Es blamierte sich eine ganze Nation,

Die trug dem Feindesland es weiter nach

Und hielt der Rach' Gefühl stets wach.

(LXXII) Exkursion

Des Wurmes Kot er richtig erkannte,
Der Lehrer ihn darob aus seiner Verachtung
      bannte
Vorübergehend auf der Ausflugsfahrt,
Wo manch' Gefühl sich offenbart'
Zwischen den Geschlechtern, die man mischte
Und so gewisse Gefahren wohl verwischte
Da die Kinder soffen sowie rauchten,
Als ob keine Strafen sie mehr stauchten.
Er haßte jede Minute der Gemeinsamkeit
Mit diesem Pöbel der Gewöhnlichkeit.

(LXXIII) Wahrnehmungen

Sobald die Lider er nur schließe,

Der Sinneseindruck wohl zerfließe,

Existiert das Ding vor ihm nicht mehr,

Selbst wenn dort stürmt ein ganzes Heer.

So hielt die Augen er geschlossen,

Eine Täuschung war's, daß da sie schossen;

Den Kugelhagel er nicht konnt' verspüren,

Kein Mensch dazu ihn durft' verführen:

ESSE EST PERCIPI, wie der Bischof sagt,

Ihm zu kontern man nicht wagt.

(LXXIV) Transzendentalismen

Die Welt täuscht ständig uns're Sinne,
Daß gar niemand dem je entrinne,
Ausgestattet zwar mit dem Verstand,
Der kategorisiert so allerhand
A priori und im Nachhinein,
Sei's die Wahrheit oder Schein.
Die Gelehrten um die Rechnung streiten,
Von Vernunft sie lassen sich nicht leiten,
Synthetisch, analytisch oder was auch immer,
Nur Ignoranz wirkt da noch schlimmer.

(LXXV) Studien

Zuviel der Theorie belastet' sein Gehirn,

Zudem Natur verhielt sich wie 'ne Dirn',

Da er versuchte stur, sie zu ergründen

Und sie nicht wollte sich verbünden

Mit seiner Thesen Spekuliererei,

Die geringen Maßes förderlich dabei,

Herauszufinden, was denn Wahrheit wäre,

Damit der Geist nicht weiterhin so gäre

In Ungewißheit, Ignoranz und Aberglaube;

Egal: 'S stößt allein auf Ohr'n, so taube!

(LXXVI) Philosophische Prägung

Obwohl sehr gottesfürchtig der Franzose,
Der sich Gedanken machte, ganz famose,
Führt der hin ihn zu der Weisheit Liebe;
Nie mehr stehlen konnten's ihm die Diebe,
Die's unternahmen zu vernebeln den Verstand,
So daß man meint zu steh'n auf treibend' Sand.
Das Tier, so der Gallier behauptete ganz kühn,
Ist nichts andres als 'ne einfache Maschin'.
Sein Landsmann baute aus die Proposition
Auf des Mensches physisch-psychisch' Situation.

(LXXVII) Tabula rasa

Streng sagt' der Brite, der Kopf sei leer,

So man tauche in des Wissens Neer,

Nachdem man ausgeworfen ward ins Leben,

Man brauche nicht einmal danach zu streben:

Ganz automatisch fülle sich die blanke Tafel

Trotz so manchem schal' Geschwafel,

Das einem wohl da mag begegnen,

Wenn's der Pfaff' versucht, auch abzusegnen:

Kein Gedanke sei uns angeboren -

Darauf ward zunächst er eingeschworen.

(LXXVIII) Falsche Fährten

Metaphysisch' Argumente wurden ausgetauscht
Ziemlich wild, so daß es nur so rauscht':
Er wußte nicht, was nun er denken sollte,
Da der Gelehrten Zwist herum da tollte.
Nicht sehen konnte er des Geistes Knechtschaft
Unter akademisch-eitler Schwerkraft;
Zu schwach ihm war der eigenen Vernunft Kritik,
Als zu gestalten eine angemessene Replik
Auf im Lehnstuhl produzierte Hypothesen
Von jenen hyperintellektuellen Wesen.

(LXXIX) Nebensache

Zwei Jahre hatt' er abzuwarten

Bis mit er durft' auf eine dieser Fahrten

Zur Stätte, die er begann schon bald zu hassen,

Zumal der heimisch' Gegner dort nicht war zu
      fassen;

Im Gegenteil: Kaum überbietbar ward die Schande,

Die er da mitbekam am Rande

Jenes gigantisch-futuristischen Ovals,

Das wahre Sinnbild eines Jammertals,

Für ihn und viele jener Unentwegten,

Die oft vergebens sich erregten.

(LXXX) Anmaßung

Der Runde stellte sich der Fettwanst aus dem
     Süden,
Der mit seiner These nicht gedachte zu ermüden,
Daß nie gekommen wär's zur Invasion,
Wenn er als Führer der Nation
Die Roten hätte wohl verschreckt
Mit des bayerisch' Leus Gebiß gebleckt;
Zum Glück der Schaden wurde abgewandt,
Zu dreist ihn wohl der Wähler fand
Und sich entschied es aufzuschieben,
Daß die Schwarzen Unfug trieben.

(LXXXI) Verkupplungsversuche

Verschämt er meist zu Boden blickte,
Wenn ein Mädchen näherrückte.
Der Freund, er unternahm's, die Hemmung ihm
    zu nehmen,
All die Verklemmtheit ganz zu lähmen:
Wann immer sie gemeinsam durch die Stadt
    spazierten,
Hielt Ausschau er nach Schnecken, die sich nicht
    genierten,
Mit ihm zu diskutieren neckisch' Nichtigkeiten,
Und gab Gelegenheit dem Freunde einzuschreiten;
Doch der vermocht es nicht, sich einzufügen
In dies frühe Spiel der Paarungslügen.

(LXXXII) Berufung

Der Rebell mit roter Jack' ihn inspirierte,

Den Drang, ihm nachzueifern er da spürte.

Ein Zufall war's, daß just der Lehrer ihn dann
fragte,

Zumal Besetzungsnot gerade jenen plagte

Für der Schul' geplantes Bühnenspiel,

Ob er, wenn zu sprechen wär' nicht viel,

Zu den Proben einmal käme

Und 'ne freie Roll' noch übernähme.

Die Offerte akzeptiert' er mit Elan,

Sah im Kopf schon der Karriere Bahn.

(LXXXIII) Versäumnis

Harmlos klang ihr Vorschlag in der Probe Pause,

Zu geh'n auf des Theaters Boden, nicht zur Jause:

Sie streunten, stöberten und lugten

Nach der Vergangenheit Gespenster, die da
        spukten;

Nicht im Entferntesten die Idee ihm kam,

Womöglich da's ihm schien infam,

Sie zu nehmen dort und dann,

Nicht zu warten auf das Irgendwann,

Da die Unschuld glorreich er verlöre

Zum Klang der innern Jubelchöre.

(LXXXIV) Ungeschicktheit

Ihr Antlitz zierten Sommersprossen,

Als ob sie kunstvoll draufgegossen;

Blaue Augen hatt' sie, blondes Haar,

Schlank die Hüften, keck der Brüste Paar:

So sah aus das Mädchen seiner Träume;

Auf, daß er weiterhin nicht säume,

Folgt' er ihr, als weg sie ging

Nicht allzu weit er ein sie fing:

Bei den Schultern faßte er sie steif

Für die Eroberung war er nicht reif.

(LXXXV) Ansporn

Gerne hätt' er Blöcke vollgekritzelt,

Wollte, daß die Mus' ihn kitzelt'

Trotz des häuslich' Streits, der ab ihn lenkte

Und nichts als einzig nur Verdruß ihm schenkte;

Wie eine Wallfahrt wirkte dann die Reise,

Die machen sollt' ihn klug und weise:

Zu des Großen Dichters Denkmal blickt' er auf,

Nahm der Höh' Gefahr bewußt in Kauf,

Kletterte dem Meister auf den Schoß,

Damit er werde g'rad' so groß.

(LXXXVI) Schlechtes Omen

Stupiden Blickes wandelt' sie entlang
Auf rotem Teppich, bedeckend jenen Gang
Zum Altare, wo das Segelohr ihr harrte,
Unter Mühen königliche Haltung wahrte;
Sie dachten da, es wär' der Bund fürs Leben;
Man ahnt' es schon: Es ging daneben,
Weil des Gatten Namen sie verdrehte nur,
Als dümmlich sie erwidert' ihm den Schwur,
Was als Zuschauer ihn köstlich amüsierte;
Zur Straf' ein Unfall ihm passierte.

(LXXXVII) Beinbruch

Nicht gewohnt er war's, zu schlafen auf dem
     Rücken,

Des Sommers Hitze fügt' hinzu manch' Tücken

Wie, zum Beispiel, daß er klebte auf der Liege

Und obendrein gequält von dieser Ziege,

Die von ihm verlangt' zu füllen jene Pfanne

So selbstverständlich wie von jedem andern
     Manne;

Als nicht vermocht', er dies zu machen,

Da wurd' sie gar ganz schnell zum Drachen,

Führt' die Röhre flugs ihm ein:

Nun wußt' er's, daß er war ein Schwein.

(LXXXVIII) Ablenkung vom Schmerz

Der Schmerz: Er war ihm unbekannt,

Als befänd' er sich in fremdem Land:

Die Wade schien zu wiegen Tonnen,

Verweigernd auch die kleinsten Wonnen

Wie die Präsenz der süßen Maid,

Die eigentlich bewirkte Heiterkeit

Und an sich schickte, ihn zu heilen,

Obwohl sie wollte nicht verweilen:

Ihre Arbeit tat sie pflichtbewußt,

Ohne daß sie bleiben mußt'.

(LXXXIX) Draufgänger

Bizarre Menschen lernte er da kennen,

Zumal nicht weg er konnte rennen:

Einen Jüngling, der sehr viel gar wagte,

Ohne daß Gewissen jemals an ihm nagte;

Des Tempos Rausch er liebte sehr

Mit dem Sinn benebelt noch viel mehr;

Dem Tod er blickte oft ins Auge,

Damit des Lebens Lust er ein wohl sauge;

Den Arm ihm brach's dies eine Mal,

Weiter steigen sollt' der Unfäll' Zahl.

(XC) Schwur

Bei den Alten mußte dann er liegen;

Die Depression ließ nicht er siegen,

Spielte Karten alldieweil

Sucht' in andern Dingen Heil,

Obwohl des Siechtums Last ihn hier betrübte

Und auch trieb zu dem Gelübde,

Daß so weit er's wohl nie kommen lasse

Selbst wenn dafür man ihn dann hasse:

Führ' zeitig Dir das End' herbei,

Solang' Dein Geist dazu noch frei!

(XCI) Brutale Realität

Zu Beginn es plagte ihn so mancher Traum,
So daß auszuhalten war es kaum:
Er stürmte hüpfend über Felder,
Rannte flink durch dichte Wälder,
Paßt' geschickt den Ball vorbei am Gegner
Und noch vieles mehr, bald noch verwegner,
Bis ihn weckte auf die wahre Welt.
Was hätt' er doch bezahlt an Geld,
Wenn ihm der Bruch nur schneller würde heilen,
Damit nach Hause er könnt' eilen!

(XCII) Heilungseile

Den Krücken war sehr bald er überdrüssig,

Die Behind'rung machte ihn kaum müßig:

Sobald der Gummistumpf die Hacke zierte,

Er mit steifem Bein sich nicht genierte,

Entlangzuhumpeln schnellen Schrittes,

Nie geratend außer Trittes

Mit den Freunden auf dem Bürgersteig,

Um jenen nicht zu wirken feig';

Der Gips ihm folglich dann am Knöchel brach,

Und keinen weit'ren er bekam danach.

(XCIII) Gedankenfluten

Aus den Poren hinaus es quillt,

Den Geist mit Exaltation es füllt,

Das seltsam' Gefühl, das in ihm da tobte,

Was niemals ein Philister je lobte:

Dem Künstler darf keiner setzen die Grenzen,

Ob alt nun jener oder wenig an Lenzen,

Die da auf seinem Rücken sehr lasten

Und ihn bald zwingen zu hasten

Von Werk zu Werk ohne großen Verstand,

Um ihn zu drängen an der Gesellschaft Rand.

(XCIV) Kompressionen

Das Gegor'ne mundete zu gut am Abend:

Am Folgetag man sah IHN trabend

Zu stillem Ort, damit er sich befreie

Von körperlichen Lasten, der da waren dreie:

Sobald das hintere Ventil den Druck entließ,

Das vordere sogleich das Wasser von sich stieß,

Um danach geschwind zu Stein zu werden,

So daß den Sporn ER gab den Pferden,

Die gar munter flohen aus dem Stalle

Und nun verendeten an weißem Walle.

(XCV) Fenster zur Welt

Hoch droben über allen Dächern

Sowie auch teuren Schlafgemächern

Wollt' vom Monument die Welt er schau'n,

Ob wohl er könnte seinen Augen trau'n,

Die von unten schon nicht übel staunten,

Ohne daß wie später Menschen raunten,

Als die hohen Türme fielen,

Ausgewählt zu schwachen Zielen,

Was ein Vernünftiger wohl nie ersann,

Weshalb ein Krieg so sinnlos sich entspann.

(XCVI) Eifersuchtsexamen

Eine Feier gab's, die Feiste ihn dort prüfen wollt',

Er sich zuerst den fremden Freunden fügen sollt',

Sodann die alte Liebe sie sich griff,

Zum Wald hinein – ein schlauer Kniff.

Der dumme Treue ahnungslos am Biere nippt,

Bis alsbald die gute Laun' ihm kippt:

Als Spießer ihm die Hatz obläge,

Doch brodelnd bleibt zurück er träge,

Stellt hernach die Maid zur Red',

Wodurch die Prüfung er besteht.

(XCVII) Revolution

Am Anfang hört' mit halbem Ohr er hin,

Gab noch der Nachricht wenig Sinn,

Der auf sich bauschte Tag um Tag,

Daß nun nicht mehr er denken mag

An Zeiten, als es war normal

Zu grüßen nah und nicht formal,

Als sorgenlos der Mensch sich traute

Durchzufeiern, bis der Morgen graute.

Jetzt herrscht Stille allenthalben,

Neidvoll ist der Blick zum Flug der Schwalben.

(XCVIII) Mann im Mond

Er kam zur Welt als Zweiter,

So, wie das Vorbild stieg hinab die Leiter

Zu des Trabanten sandig' Grund,

Ohn' Aufseh'n blieb darob die Kund',

Da nicht er eben Erster war.

Der Rang allein ward da sehr klar,

Her von Geburt und auch im Spiele,

Wo der Ält're strebt zuerst zum Ziele.

Lenze später die beiden Zweiten sich trafen:

Den Jüng'ren füllt's mit Stolz wie einen Grafen.

(XCIX) Lebensnacht

"Rüberwärts geht's!", sprach mit Hoffnung in der
     Stimme sie:
Daß so lang' es dauert', hätt' gedacht sie nie.
Ihr letzter Ruf dann kam, von andern überbracht:
Flugs der Sohn da zu ihr auf sich macht.
Von Bett zu Bett der Stunden zehn,
Sah in Eile er vorübergeh'n,
Bis froh an ihrer Seit' er stand
Und hinzuseh'n sich überwand,
Wie dahin der kleine Körper ging,
Der einst so stark am Leben hing.

(C) Ewiger Konjunktiv

Nun wartet er, daß was passiert -
Der Geist solange noch nach Nahrung giert,
Wie Ignoranz das Menschentum erfüllt,
Die absolute Wahrheit nicht enthüllt:
Da müßt' er ewig leben schon
Als wär' er selbst der "Schöpfung" Kron',
Nicht all' die andern, die sich stets erheben
Und selbstverliebt auf luft'gen Wolken leben.
Ach! Besser wär's, nie existiert zu haben,
Als an schnöd' Erinnerungen sich zu laben.

Inhalt

Foto: ¡az!-images (Annette Zimmermann)

Der Autor

Ralph A. Hartmann wurde 1966 an einem heißen Spätseptemberabend in Leutkirch (Allgäu) geboren.
Seine Veröffentlichungen umfassen deutsche und englische Prosa, Lyrik wie auch akademische Schriften.
Seit 2002 lebt und arbeitet er in Schottlands Hauptstadt Edinburgh.

www.ingramcontent.com/pod-product-compliance
Lightning Source LLC
Chambersburg PA
CBHW060642130626
46555CB00002B/926